Galatea

Madeline Miller

갈라테이아

매들린 밀러 짧은 소설

이은선 옮김

새의노래*

차례

그들은 나를 걱정해주었다. 다정한 성격인가 보다, 하고 착각할 수도 있을 만큼.

간호사가 말했다.

"안색이 너무 창백하세요. 혈색이 돌아올 때까지 아무 말도 하지 않으시는 게 좋겠어요."

나는 말했다.

"나는 원래 피부가 이 색이에요. 돌로 만들어졌기 때문에."

간호사는 보일락 말락 하게 웃으며 이불을 덮어주었다. 내가 상상력이 풍부할 뿐만 아니라 병 때문에 걸핏하면 이상한 소리를 한다고 내 남편이 미리 얘기해두었기 때문이다.

"누워 계시면 먹을거리를 좀 가져다드릴게요."

간호사는 입가에 사마귀가 있었다. 그녀가 얘기하는 동안 사마귀를 쳐다보고 있으면 기분이 좋았다. 세상에는 말의 얼룩무늬처럼 남다른 개성을 부여하는 예쁜 사마귀도 있다. 하지만 털이 나 있고 벌레처럼 몽글몽글한 사마귀도 있는데 그녀의 사마귀는 여기에 속했다.

"누우세요."

간호사는 같은 말을 반복했다. 내가 말을 안 듣기 때문이다.

"어떻게 하면 내 안색이 좋아질 것 같은지
애기해줄까요?
산책을 하면 좋아질 거예요."

"어머, 안 돼요. 몸이 좀 더 좋아지신 다음이라면
모를까. 마님 손이 얼마나 차가운지 모르시겠어요?"

"그야 돌이라 그래요. 내가 아까 얘기했잖아요.
돌은 햇볕을 쪼여야 따뜻해져요. 석상 만져본 적
없어요?"

"마님 몸이 지금 얼음장이에요. 얼른 누우세요,
얌전히."

이쯤되자 그녀는 살짝 서두르기 시작했다. 내가 두 번이나 돌 타령을 했으니 다른 간호사들에게 들려줄

좋은 이야깃거리에다 당장 의사를 찾아가야 하는 핑계도 생겼기 때문이다. 두 사람은 서로 오입질하는 사이다. 그래서 간호사가 이렇게 안달하는 것이다. 둘이 내는 소리가 벽을 지나 내 귀에 들릴 때도 있다. 그걸 못마땅하게 여기는 것은 아니다. 나는 그녀의 즐거운 성생활을 시기하지 않는다. 즐거운 성생활인지 아닌지는 모르겠지만. 내가 이 말을 하는 이유는 내가 지금 어떤 상황에 놓였는지 설명하기 위해서다. 나는 건강할 때보다 아플 때 그녀에게 좀 더 가치 있는 존재가 된다는 얘기다.

문이 닫혔고 방이 나를 가운데 두고 멍처럼 부풀어 올랐다. 간호사가 옆에 있으면 그녀 때문에 방이 작게 느껴지는 척할 수 있지만, 간호사가 나가면 네 개의 나무 벽면이 공기를 들이마신 허파처럼 나를 옥죄어 오는 것 같았다. 창문은 너무 높은 데 달려서 침대에서는 내다볼 수가 없었고 크기도 너무 작아서 바람이 많이 들어오지 않았다. 방에서는 달콤한 동시에 시큼한 냄새가 났다. 마치 1000명이나 되는 사람들이 괴로워하며 누워서 땀을 흘리다 더러운 발로 장미를 짓이기기라도 한 것 같은 냄새였다.

뒤이어 방에 들어온 의사는 나를 보며 혀를 찼다.

"클로에가 그러는데 조용히 누워 있지 않으려고 하신다면서요."

"미안해요."

의사는 이 말을 듣고 좋아했지만 내가 1년 내내 날이면 날마다 사과를 하고 있으니 한편으로는 미심쩍어했다. 나는 그를 생각해서 변화를 주려고 했다. 시선을 아래로 떨구고 입술을 깨물고 손가락을 꼬고. 한번은 울음을 터뜨렸는데, 그는 그럴 때 가장 좋아했다. 요즘은 기절해보려고 노력하는 중이지만 아직 성공하지 못했다. 그전에 한참 동안 숨을 아주 빠르게 쉬어야 하는데, 의사가 한참 전부터 미리 기척을 하고 들어온 적이 없기 때문이다. 하지만 내가 성공하면, 바로 그때가 최고의 순간으로 바뀔 것이다. 의사가 남편에게 이 소식을 전하면 남편이 금화 세례를 퍼부을 테고 그러면 나만 빼고 모두 행복해질 것이다. 그런 광경을 상상만 해도 나 역시 조금 행복할 것 같긴 하지만.

의사가 준엄하게 말했다.

"지금 뭐하시는 겁니까? 이래서 건강이 안 좋으신 거예요."

기절하는 모습을 상상하며 내가 자리에서 일어났던 것이다. 의사가 들어와 있어서 방이 어느 때보다 좁았고, 마늘을 먹어 지금까지 살아오는 내내 풍긴 역겨운 냄새를 또 풍겼기 때문에 나는 창문 앞에서 숨을 쉬어야 했다.

"미안해요. 수선화 향이 너무 좋아서요."

나는 생각나는 대로 이렇게 말했지만 그는 얼굴을 더 찡그릴 뿐이었다. 여기는 바닷가의 절벽 꼭대기라 (그래서 창문을 타고 넘더라도 도망칠 수 없고 죽음이 기다릴 뿐이다) 수선화가 없었다. 게다가 수선화가 향을 풍기는지도 확실치 않았다.

"당장 누우세요."

의사는 말했다. 그러고는 내가 시킨 대로 하자 손목을 잡았다.

"맥이 느리네요."

원래 돌이었으니 당연히 맥이 느릴 수밖에 없지만 나는 그런 말을 하지 않았다. 그냥 뉘우치는 동시에 귀담아 듣는 것처럼 으으으으음, 하기만 했다. 간호사가 문을 닫은 순간부터 숨을 빠르게 쉬었으면 이번에는 기절할 수도 있었겠다는 생각이 들었다. 하지만 그러지 않았으니 이제 와서 아쉬워해봐야 소용없었다.

나는 말했다.

"좀 걸으면 한결 나을 것 같아요."

의사는 말했다.

"그러기에는 몸이 너무 약하세요. 그러다 다치기라도 하면 제가 부군을 뵐 면목이 없지 않습니까?"

"나는 원래 돌이었어요. 그러니까 걷는 정도로 다치진 않아요."

"그만하세요."

그가 말했다. 들어보니 차를 주문하려고 마음먹었을 때 쓰는 말투였다. 그들은 내가 눕지 않으려 하면 차를 먹이고 잔을 비울 때까지 옆에서 지켜본다. 아아,

그 차라면 정말 질색이다. 머리가 지끈거리고 혀가 쑤시며 침대에 오줌을 싸게 되니 말이다.

나는 뒤로 누웠다.

"선생님 말이 맞아요, 이러는 게 좋겠어요. 으으으음, 좋다."

나는 눈을 감은 척하고 그를 관찰했다. 의심스러워하는 눈치라 이불 속으로 좀 더 깊이 몸을 묻었다.

"선생님 말이 맞아요. 내가 기운이 하나도 없는데 그걸 모르고 있었어요."

나는 이 정도 연기로 차를 안 마시고 넘어갈 수 있길 바랐다.

"가만히 누워 계세요. 오늘 부군께서 부인을 만나러 오실 거니까요."

나는 생각했다. 괜히 이불 속으로 몸을 묻었네. 그들은 남편이 오는 날에는 차를 먹이지 않는다. 남편이 오줌 냄새를 싫어하고, 내가 혀를 온전히 놀릴 수 있길 바라기 때문이다.

나는 누워서 알맞은 자세를 취했다. 식은 죽 먹기

다. 워낙 훈련이 잘 되어 있는 데다 내 머릿속 한구석, 돌이던 시절을 기억하는 곳이 내가 예전 상태로 돌아가는 것을 반기기 때문이다. 딱 한 군데 힘든 부위가 있다면 손가락이다. 남편은 게으른 여느 조각가들의 작품과 다르게 뻣뻣하거나 축 늘어지지 않은 진짜 손가락처럼 보이게 하려고 1년이나 공을 들였다고 입버릇처럼 말한다. 그러니까 나는 남편이 좋아하는 스타일로 손을 유지하는 데 집중해야 한다. 그러지 않으면 모든 게 물거품이 된다.

시간이 흘렀다. 얼마나 지났는지는 모르겠지만 잠시 후에 동전이 짤그랑거리고 간호사들이 탄성을 지르는 소리가 문지방을 넘어 들려왔다. 남편은 이제 돈이 많아서 의사를 1000명 더 동원해 나를 누워 있게 할 수도 있다. 따지고 보면 내 덕분에 부자가 됐지만 남편은 내가 그렇게 얘기하면 싫어한다. 첫째로는 여신의 능력, 다음은 자신의 능력 덕분이라고 한다. 자신이 대리석을 깎아서 나를 만들었으니 말이다. 내가 탄생된 이후에—사실 탄생된 건 아니지만 달리 뭐라고 해야

할지 모르겠다. 깨어났다? 부화했다? 아니다, 이건 더 말이 안 된다. 내가 알도 아니지 않은가.

그냥 탄생됐다고 하겠다. 내가 탄생된 이후에 남편은 기를 쓰고 나를 안에 가두어두려고 했지만 하인들 보는 눈도 있었고, 게다가 사람들이 조각가의 아내를 두고 수군거리기 시작했다. 얼마나 특이한지 모른다는 둥, 그런 미모는 신이나 빚어낼 수 있다는 둥. 그걸 믿는 사람도 있고 믿지 않는 사람도 있었지만 갑자기 너도나도 남편의 작품을 갖고 싶어 했다. 그래서 남편은 돌을 깎고 또 깎아 처녀를 만들었고, 어느 날 나는 물었다. 그중에서 살아 움직일 작품이 하나라도 있을 거라고 생각해요? 그러자 그는 이렇게 말했다. 당연히 아니지. 이들은 여신의 선물을 받을 자격이 없어. 그러면서 자기가 나에게 얼마나 정성을 들였는지 다시 한 번 강조했다. 비단옷을 입히고, 꽃과 보석을 두르고, 조개껍데기와 알록달록한 공을 내 앞에 바치고, 밤마다 여신에게 기도했다고 말이다. 이 마을 아가씨와 결혼하는 편이 더 쉽지 않았겠어요? 나는 물었다. 그 바보 같은 것들에게는 관심 없어. 그가 말했다.

문이 열렸다.

"나가 있도록, 우릴 방해하지 말고."

남편이 하녀들에게 말했다. 지난 1년 동안 하녀들이 우리를 방해한 적은 없었으니 하나 마나 한 소리지만 요즘 들어 남편은 엄청 세도가 행세를 한다.

그가 내 손가락과 다른 부위를 일일이 들여다보는 동안 정적이 흘렀다. 나는 눈을 뜨지 않았다. 그가 "아, 나의 가인이 잠들었구나" 하고 중얼거릴 수 있도록 꼼짝 않고 침대에 누워 있어야만 했다. 정말 그럴듯하게 보이려고 몇 번 살짝 코를 골기도 했지만 그는 전혀 좋아하지 않았다.

"자고 있나?"

그가 물으며 방으로 들어왔다.

"이 무슨 바보 같은 질문이야. 이 여자는 대리석에
불과한데."

그는 침대 옆에 무릎을 꿇고 앉아서 두 손을 들었다.

"오, 여신이시여! 어찌하여 저는 이런 배필을 찾을

수 없는 것일까요? 이토록 완벽한 여인이
어찌하여 인간이 아니라 대리석이라야 합니까?
만약 그녀가—"

그는 돌연 손으로 눈을 덮었다.

"아아, 이 말은 차마 입 밖에 내지 못하겠습니다."

나는 살짝 코를 골까 고민했지만 그랬다가는 예전보다 더 한심한 결과를 낳을 터였다.

"제가 무엇을 원하는지 어찌 감히 밝힐 수
있겠나이까. 하지만 저의 속마음을 아시는 위대한
여신이시여. 간청하오니 이 고통에서 저를
해방시켜주소서."

그가 침대 위로 고개를 숙이자 나는 눈을 떴다. 그가 이불 속에 얼굴을 묻고 있는 동안에는 나를 볼 수 없었다. 그의 머리가 점점 벗어지고 있었다. 빈자리가 몇 군데인지 세어보았다. 늘 그렇듯 세 군데였다.

나는 때를 잘 맞춰서 다시 눈을 감았다. 그가 고개를 들고 말했다.

"아니, 그게 될 리가 있나. 마음을 접어야지."

한데 그의 손이 마침 내 팔 위에 놓여 있었고 그는 괴로워하며 내 팔을 살짝 눌렀다.

"뭐지?"

그는 내 팔을 빤히 보았다.

"이럴 수가. 따뜻하잖아."

어쨌거나 그냥 돌보다는 따뜻했다.

그는 정신을 차리려는 사람처럼 고개를 저었다.

"아냐, 내 착각이겠지. 아니면 해가 떠서 대리석이 달구어져 따뜻해졌든지."

여긴 방 안이라 당연히 해가 보이지 않았지만 지금은 그걸 따지고 있을 계제가 아니었다.

"여신이시여, 저를 미치지 않게 하소서!"

그는 내 골반과 배를 세게 주무르며 돌이 맞는지 확인하기 시작했다. 나는 움찔도 하지 않았고 그랬다는 데 자부심을 느꼈다.

"하지만 분명해, 따뜻하다고 내 목숨을 걸고 맹세할 수 있어. 오, 여신이시여, 이것이 꿈이라면 깨지 않게 하여주소서."

18.

그는 잠시 후에 자기 입술을 내 입술에 대고 눌렀다.

"살아나라. 살아나라, 내 생명, 내 사랑이여.

살아나라."

나는 바로 이 순간, 이슬을 머금은 새끼 사슴처럼 눈을 떠 마치 태양처럼 나를 내려다보는 그를 보고 경외와 감사가 담긴 탄성을 조그맣게 터뜨려야 한다. 그러면 그가 나를 따먹는다.

이후에 나는 축축한 그의 어깨에 기대고 누웠다.

"보고 싶었어요, 내 사랑."

그는 아무 대꾸도 하지 않지만 짜증이 났음을 느낄 수 있었다. 그의 가슴을 적셨던 땀은 말라가고 있었지만 등 쪽은 마치 늪지 같았다. 게다가 시트 사이로 삐져나온 볏짚이 솜을 넣은 매트에 익숙한 그를 할퀴어댔다.

"요즘은 어떤 작업을 하고 있어요?"

나는 물었다. 그의 대답을 들을 수 있는 질문은 오직 이것뿐이라는 사실을 알기 때문이다.

"석상."

"아!"

나는 눈을 감았다.

"나도 볼 수 있으면 얼마나 좋을까. 누구 석상이요?"

"계집아이."

"근사한 작품이 되겠네요. 이 마을 남자가 주문한 거예요?"

"아니. 그런 작업이라면 이젠 지긋지긋해. 이건 날 위해 만드는 작품이야."

"멋져라. 완성되면 나도 보고 싶어요."

"글쎄."

"내가 진짜 잘할게요."

그는 아무 말도 하지 않았다.

"그 아이는 몇 살이에요?"

"열 살."

나는 그가 "어려"라고 대답할 줄 알았다. 전에 나를 몇 살짜리로 만들었느냐고 물었을 때는 "처녀"라고 대답했다.

"열 살이라. 열두 살이 아니라요?"

"응."

"나는 열다섯 살짜리 여자애들이 좋더라. 얼마 전에 간호사가 딸을 데려왔는데 얼마나 예뻤는지 몰라요. 온 얼굴에서 빛이 나더라고요."

"나는 열다섯 살짜리에겐 관심 없어. 간호사의 딸도 마찬가지고."

"그렇겠죠."

나는 완벽하게 만들어진 손가락으로 그의 가슴을 어루만지며 애써 하품처럼 늘어지고 심드렁한 목소리로 물었다.

"파포스는 어떻게 지내요?"

"잘 지내."

듣기 싫고, 아무 의미도 없는 한 마디.

"즐겁게?"

"엄마가 그런 짓을 저질렀는데 어떻게 즐거울 수가 있겠어?"

나는 미리 대비하고 있었기에 그의 가슴 위로 눈물

을 떨굴 수 있었다.

"정말 미안해요, 여보. 그애를 위해 내 실수를 만회할 수만 있다면 얼마나 좋을까."

그는 나를 밀치고 일어나 앉았다.

"당신은 내가 아니라 그 아이를 생각해서 굽실거리는 거지?"

내가 지금까지 뭘 하고 있었던 것 같으냐고 묻고 싶었다. 하지만 남편은 아예 관심도 없을 것이다. 그는 하얗고 매끈한 것을 좋아한다. 나는 바닥에 무릎을 꿇고 두 손을 모아 가슴에 댔다.

"나는 당신이랑 집으로 돌아갈 수만 있으면 여한이 없겠어요. 오늘만 해도 뭐라도 위안거리가 있으면 좋겠다는 생각을 하고 있었어요. 그림이나 뭐 그런 거. 당신을 그린 그림이요."

내 말을 듣고 그가 놀라워했다.

"그림? 석상이 아니라?"

"아아, 석상은 보고 있기가 괴로울 거예요. 당신이랑 너무 똑같을 테니까."

"흐음."

나는 가슴이 더 잘 보이게 손을 살짝 내렸다. 내 가슴은 아주 훌륭했다. 그가 솜씨를 제대로 발휘한 덕분이었다.

"나 보고 싶지 않았어요? 눈곱만큼이라도?"

"그렇다 한들 당신 잘못이지."

"맞아요, 알아요, 나도 알아요. 정말 미안해요. 난 정말 세상에 둘도 없는 바보였어요. 무슨 생각으로 그랬는지 모르겠어요."

"바보였지."

그는 다시 내 가슴을 쳐다보고 있었다.

"맞아요, 끔찍한 바보였어요. 고마워할 줄 모르는 바보."

"그러게, 도망치지 말았어야지."

"다시는 도망치지 않을게요, 목숨을 걸고 맹세해요. 당신이 떠나면 나는 견딜 수가 없어요. 날마다 당신이 다시 오기만을 손꼽아 기다려요. 당신은 내 남편이자 아버지이니까요."

"어머니이기도 하고."

"맞아요, 어머니이기도 하죠. 그리고 오라버니이기도 하고. 애인이기도 하고. 이 모든 거예요."

"이게 다 파포스가 보고 싶어서 하는 소리지?"

"당연히 보고 싶죠. 보고 싶지 않으면 내가 뭐가 되겠어요? 피도 눈물도 없고 파렴치한 어미가 되지 않겠어요? 당신과 여신님은 나를 그런 존재로 창조하지 않았잖아요."

나는 숨이 가빴지만 애써 티를 내지 않았다. 바닥이 딱딱해 무릎이 아팠지만 꿈쩍도 하지 않았다.

"파렴치한."

그가 말했다.

"파렴치한."

내가 말했다.

그가 나를 바라보며 자기 솜씨에 감탄하는 것이 느껴졌다. 자기가 이런 작품을 만들던 장면을 상상하고 있는 것이다. 아름다운 조각상, 제목은 애원하는 여인. 이걸 팔면 아라비아의 왕처럼 살 수 있으리라.

그가 손으로 뭔가를 가리키며 얼굴을 찡그렸다.

"저게 뭐지?"

나는 내 배를 내려다보았다. 희미한 은색 실금이 햇빛을 받아 반짝거렸다.

"우리 아이가 남긴 흔적이잖아요. 살이 튼 자국이요."

그가 빤히 쳐다보며 물었다.

"언제 생긴 거야?"

"아이가 태어났을 때요."

지금으로부터 10년 전이었다.

"보기 싫구먼."

"미안해요, 여보. 여자들은 다 이래요."

"당신이 돌이라면 깎아서 없애버릴 텐데."

그는 이 말을 남기고 몸을 돌려서 떠났다. 잠시 후에 의사가 찻그릇을 들고 들어왔다.

사실 남편은 내가 말을 할 수 있을 거라고 기대하지 않았을 것이다. 엄밀히 따지면 남편 잘못은 아니다. 그에게 나는 자신의 손길로 빚은 순수하고 아름다운 조각상에 불과할 테니까. 그랬으니, 내가 살아 숨쉬기를 바랐을 때, 그는 따먹을 수 있을 만큼 따뜻해지기만을 바랐을 것이다. 하지만 여기까지 생각하지 못했다니 어리석지 않은가. 어떻게 내가 인간인 동시에 여전히 석상일 수 있을까. 태어난 지 11년밖에 안 된 나도 그럴 수는 없다는 사실을 아는데.

태어나자마자 처음으로 관계한 순간 아이가 생겼다. 나는 돌이었고 여신이 내게 숨결을 불어넣었지만 임신은 현실 자체였다. 몸이 천근만근이었고 속이 울렁거렸고 발이 퉁퉁 부어서 남편이 신기고 싶어 했던 고운 황금 샌들을 신을 수가 없었다. 그래서 남편은 노여워했지만 나를 밀쳐서 침대에 눕히거나 벽에 기대 세워놓는 데에는 아무 지장이 없었다. 나는 이러다 아이를 하나가 아니라, 길고양이처럼, 한꺼번에 여럿을 낳는 게 아닐까 싶어 걱정이 됐더랬다.

딸아이는 예뻤고 돌처럼 새하얬고 들판에서 송아지들이 쓰러져 죽을 정도로 폭염이 기승을 부린 여름에 태어났다. 하지만 딸아이와 나는 흔들의자에 같이 앉아 있어도 전혀 더위를 느끼지 않았다. 우리 둘이 산책을 나서면 너도나도 수군거리기만 할 뿐 말을 거는 사람은 아무도 없었다. 딱 한 번 어떤 노파가 파포스의 발을 건드리며 내게 축복을 청했다. 내가 뭐라고 웅얼거리자 노파는 고맙다는 뜻으로 내 팔을 건드렸다. 노파의 손가락은 벌거벗은 나무의 가지처럼 느낌이 이상했지만 피부는 아주 부드러웠다.

가끔 남편은 작업을 하는 동안 둘이서 산비탈까지 나갔다 와도 좋다고 허락해주었다. 그 무렵 어느 정도 자란 파포스는 목동인 척했고 나는 그애가 치는 양인 척했다. 파포스는 그런 식으로 노는 것을 좋아했다. 내가 염소라도 되는 양 맨발로 이 바위, 저 바위를 비틀거림 한 번 없이 깡충깡충 뛰어다니면 더 좋아했다.

아이가 좀 더 자라자 나는 가정교사를 붙여달라고 했지만 남편은 그러면 버릇만 나빠질 거라고 생각했다. 나는 아니라고 말했다. 잘 배우면 쓸모 있는 아내가 될 거예요, 나하고 다르게. 그러자 그는 나를 보며 미소 지었다. 당신도 충분히 쓸모 있어. 하지만 그는 결국 가정교사를 고용했다. 내가 갖은 아양을 떨며 애원했기 때문이다.

집 밖으로 산책을 나가면 파포스는 그동안 배운 걸 가르쳐주었다. 보세요, 나뭇가지로 글자를 만들 수 있어요. 하지만 둥근 글자도 있잖아. 내가 말하자 아이는 미간을 찌푸리며 말했다. 맞다. 그럼 우리 바닷가로 가서 모래에다 글자를 쓸까요? 그래서 우리는 바닷가로 갔다. 모래는 나뭇가지보다 더 나았고, 심지어 파도가 흔적을 지워주니 가정교사가 쓰는 석판보다 더 훌륭했다. 파포스는 아주 영리한 아이였기에 아빠한테는 아무 말도 하지 말라고 입단속할 필요가 없었다.

날이 저물면 남편이 아이를 제 방으로 들여보내며 이렇게 물었다.

“당신도 졸리지 않소?”

그러면 나는 침대로 가서 자리를 잡고 이제 막 돌에서 깨어난 척 연극을 할 때가 됐음을 알아차렸다.

파포스가 여덟 살이던 해에 그가 가정교사를 내

보냈다.

"그자가 당신을 쳐다보잖아."

나는 그날 딴 데 정신이 팔려 있었다. 파포스와 글자 생각을 하고 있었던 것이다.

"당연히 그럴 수밖에요."

내가 마을에서 가장 빼어난 미인이었으니 다들 나를 쳐다봤다. 자랑 삼아 하는 얘기는 아니다. 사실 나야 한 게 없으니 자랑할 일도 없다.

남편은 나를 빤히 쳐다보며 물었다.

"당신도 알고 있었어?"

나는 해명하려고 했지만 소용없었고 이미 엎질러진 물이었다. 우리는 더 이상 산책을 나가지 못했다. 가정교사는 남자에서 여자로 바뀌었고, 파포스는 석판을 빼앗겼으며, 낮에도 남편은 대리석을 앞에 두고 뚱한 표정만 짓고 있을 뿐 일을 하지 않았다. 밤이 되면 전보다 더 거칠게 나를 다루며 같은 질문을 반복했다. 당신도 다른 여자들처럼 그럴 거야? 나는 어떻게 대답해야 하는지 알았다. 아니에요. 아니에요, 여보. 그럴 리가요.

파포스는 짜증을 부렸고—아이는 집을 싫어했다—밖으로 나가서 예전처럼 재밌는 놀이를 하고 싶어 했다. 아버지가 무언가 골똘히 생각할 때도—허구한 날 그래서 문제긴 했지만—조용히 있지 않았고 날이 갈수록 짜증이 점점 심해졌다. 나는 아이를 우리 방으로 데려와 손가락으로 같이 글자를 만들었다. 아이가 웃었고 나도 웃었다. 우리 웃음소리가 얼마나 큰지도 모르고서.

남편이 문 앞에 와 섰다.

“왜들 그렇게 웃고 있어?”

파포스가 반문했다.

“그러면 안 돼요?”

아이는 또래 친구들보다 키가 크고 팔다리가 길었다. 자기 아버지를 무서워하지 않았다.

내가 말했다.

“여보, 시끄럽게 해서 미안해요.”

“저 아이는 미안하다고 하질 않네?”

“아직 애기라 그래요.”

"나 애기 아니에요."

파포스가 말했다.

"그럼 사과해야지."

그가 말했다.

내가 그에게 말했다.

"어머, 딱해라. 당신 허기져 보여요. 아무것도 안 먹었어요? 파포스, 엄마가 잠깐 아빠랑 할 얘기가 있단다."

아이는 방에서 나갔고 남편은 고분고분하지 않은 아이의 태도에 이를 갈았다.

"당신은 나보다 저 아이를 더 좋아하지?"

그럴 리가요, 그럴 리가요. 나는 골똘히 생각하느라 손질을 하지 않아 떡이 진 그의 긴 머리칼을 쓸어내렸다. 애가 지금 있는 여선생은 감당을 못 할 정도로 똑똑해서 그래요. 그래서 심심해하는데 나는 아무것도 가르쳐줄 수가 없으니까요. 이 아이에게는 제대로 된 선생이 필요해요.

그가 말했다. 제대로 된 선생?

내가 말했다. 네, 다른 선생을 구하면 모든 면에서 두루 괜찮아질 테고 우리 때문에 신경 쓰일 일도 없을 거예요.

그는 침묵했다. 고민하느라 말이 없는 거라면 좋았겠지만 표정을 보니 화가 나서 얼굴에 어찌나 힘이 들어갔는지 당장이라도 핏줄이 터질 것 같았다. 그가 내 팔을 부여잡고 말했다.

당신은 절대 얼굴을 붉히질 않는군.

나는 뭐라고 대꾸하면 좋을지 생각이 나지 않았다. 남편은 그만큼 힘주어 나를 꽉 붙잡고 있었다.

그가 말했다.

당신은 더는 얼굴을 붉히지 않아, 그게 문제야. 맨날 미안하다고 말은 하지만 얼굴은 붉히지 않아. 이제는 부끄러운 줄도 모르는 건가?

아니에요, 그럴 리가요.

그가 내 드레스의 목덜미 부위를 잡아 당겼지만 자기 생각만큼 힘이 세지는 않아서 옷이 찢어지지 않았다. 그는 내 옷을 당기고 또 당기다 나를 바닥으로 쓰러뜨리고는 꼭 붙잡은 채 다시 잡아당겨 결국에는 옷이 찢어지고 내 알몸이 드러나게 했다.

나는 두 손으로 몸을 가리고 어린애처럼 나지막이 끙끙거렸다. 얼굴아, 빨개져라. 빨개져라. 나는 기도했다. 빨개지지 않으면 저이가 나를 죽일 거야. 다행히 방 안이 따뜻했고 나는 화가 난 데다 파포스에게 우리 말소리가 들리면 어쩌나 싶어 창피했기 때문에 얼굴로 피가 쏠려서 빰이 빨개졌다.

"나한테 전혀 관심이 없는 것은 아니군."

그는 이렇게 말하며 나를 침대에 눕히고 횃불을 들어 내 목에 남은 벌건 자국과 팔과 가슴에 자주색으로 남은 자신의 손자국을 비춰보았다. 멍이 아니라 얼룩이라도 되는 듯이 그걸 문질렀다.

"색이 완벽하네. 이것 좀 봐."

그가 말하며 거울에 비친 내 모습을 보여주었다.

"당신처럼 귀한 캔버스는 없어."

나에게는 돈이 조금 있었다. 남편이 지저분한 지갑에

서 꺼내 던져준 동전과 길에서 주운 것이었다. 여자 가정교사에게서 슬쩍한 신발도 있었다. 금이 아닌 가죽 신발이라 흙길을 다니기에 좋았다. 남편에게서 슬쩍한 망토도 있었다. 파포스에게도 망토가 있었다. 나를 닮아서 추위도 더위도 타지 않지만 추위를 잘 탄다고 내가 둘러대 얻어낸 것이다.

내가 파포스에게 물었다.

"우리, 밖에 다녀올까?"

"아빠가 허락하지 않을 거예요."

"나도 알아, 그러니까 얘기하지 말고 나가자."

우리는 옆 마을까지밖에 가지 못했다. 다들 우리를 알아봤다. 피부가 우유처럼 새하얀 한 쌍이니 눈에 띌 수밖에 없었다.

간호사는 나를 젖은 자리에 한참 동안 방치한 다음에야 새 리넨을 들고 왔다. 볏짚을 뭉뚱그려 전보다 더 심하게 나를 찌르게 하고 내가 무슨 말을 하든 대꾸하지 않았다. 사마귀가 예쁘다고 해도 묵묵부답이었다. 거짓말도 아니었는데. 그 순간만은 예쁜 구석이 있어 보였는데.

그런 다음 간호사는 나를 씻어주었다. 천을 쓰지 않고 손으로 물을 떠서 씻었다. 내가 한소리 하길 바란 듯한데, 나는 아무 말도 하지 않았다. 이런 일을 하기 싫어 하는 사람에게는 얼마나 큰 고역일까 싶었다. 이제 남편이 추가로 주문한 로즈 오일을 바를 차례였다. 그녀는 빵 반죽을 치대는 사람처럼 양손으로 내 몸을 찰싹찰싹 때렸다. 아프라고 그랬겠지만 나는 그 소리도 그렇고 발그레해진 내 살갗에서 생기가 느껴져서 오히려 좋았다.

그녀가 나가자 나는 시트 자락으로 로즈 오일을 최대한 닦아냈다. 차에 들어 있던 성분이 완전히 배출돼서 머리가 맑았다. 나는 생각했다. 내 딸이 열 살이야. 파포스가 열 살이야.

다음 날 의사가 나를 보며 미간을 찌푸렸다.

"몸이 안 좋으세요?"

"아뇨. 아주 좋은데요."

그는 "그럼 왜 누워 계세요?"라고 물으려다 말고 입을 다물었다. 그럼 내가 애초에 환자가 아니라는 사실을 시인하는 꼴이 될 테니까.

나는 말했다.

"마음이 아주 평온해요. 평온하고 개운해요."

"흐으음."

"남편이 오늘 왔으면 좋겠네요. 너무너무 보고
싶거든요."

"오실 거라고 하셨습니다."

"아, 좋아라. 기쁜 소식이네요."

다 늦게 딸랑거리는 소리가 들렸지만 나는 조바심을 내지 않았다. 알맞은 자세를 취했다. 문이 열렸고 남편이 간호사들을 내보냈다. 문이 잠기는 소리가 들렸다.

"아, 나의 가인이 잠들었구나."

그러자 내가 말했다.

"아뇨, 깨어 있어요."

"곱게 말할 때 눕는 게 좋을 거야. 잠시 후에 다시 올

테니까 그때까지 준비해놓고 있어."

"나 임신했어요."

그가 나를 빤히 쳐다보았다.

"그럴 리가."

그도 그럴 것이 파포스가 태어난 이후 그는 내 배 위에 사정을 했다.

신들이 개입하면 뭐든 가능하죠. 나는 말했다. 내 배를 봐요. 나는 둥그렇게 나온 것처럼 보이도록 배를 살짝 내밀었다. 어쨌든 그는 여자들이 임신하면 어떻게 되는지 몰랐다. 이상해 보인다는 것 말고는.

내 배를 본 그의 얼굴이 하얘졌다. 거의 나만큼 하얘졌다.

"의사한테 아무 얘기도 못 들었는데."

"의사한테는 안 보여줬어요. 당신한테 제일 먼저
알리고 싶어서. 여보, 나 정말 기뻐요. 우리한테
둘째가 생기는 거잖아요. 앞으로 셋째도 낳고 또—"

하지만 이미 문이 닫혔다. 잠시 후에 의사가 다른 종류의 차를 들고 들어와서 마셔야 한다고 했다. 나는 이걸 마시는 동안 간호사가 옆에 있어줬으면 좋겠다고 했다.

그는 알았다고 했다. 부탁을 들어주지 않으면 내가 울 거라는 사실을 알기 때문이다. 일이 얼마나 술술 풀리는지 놀라울 정도였다.

간호사가 들어오자 나는 물었다. 아플까요? 아플까봐 겁이 나요. 그녀는 말했다. 조금 아파요. 그러다가 피가 나올 거예요.

무서워요. 나는 말하고 베개에 얼굴을 묻었다.

잠시 후에 간호사가 내 등에 손을 얹는 것이 느껴졌다. 아무 일 없을 거예요. 저도 마신 적 있는데 보세요, 멀쩡히 살아 있잖아요.

하지만 아이는 죽겠죠? 내가 물었다.

네.

나는 괴로워하며 쿠션에 얼굴을 대고 흐느껴 울었다.

차를 드세요. 간호사가 말했다. 하지만 말투가 평소처럼 뾰족하지는 않았다.

집 밖으로 나갈 수 있으면 얼마나 좋을까. 아이를 여신님께 바치고 싶은데.

의사 선생님이 허락하지 않으실 거예요.

내가 계속 울며 하염없이 기다리자 마침내 그녀가 말했다. 하지만 선생님이 밤에는 자리를 비우시니까요.

나는 개처럼 풀밭을 구르고 싶었지만 괴로워하는 임신부여야 했으니 자칫 잘못하면 온 몸이 부서지기라도 할 것처럼 느릿느릿 걸었다. 간호사가 차를 가져다주자 잔을 들고 조금씩 마셨다. 그녀가 말했다. 경련이 시작되면 말씀해주세요.

나는 손가락 사이로 흙을 흘렸다. 사방이 어두컴컴했고 조각달밖에 보이지 않았다. 여신이 존재하는지 모르겠지만, 존재한다면 저 조각달은 여신이 나를 내려다보며 짓는 미소라고 생각하기로 했다. 나는 뭔가 느껴지는 것 같다고 말했다. 간호사는 다행이라고 했다. 우리는 바다의 반대쪽인 집 뒤편 마당에 있었다.

나는 다시 뭔가 느껴진다고 했다.

간호사는 다행이라고 했다.

잠시 후에 나는 비명을 지르며 허리를 숙였다. 땅바닥으로 쓰러져 다시 비명을 질렀다. 간호사는 겁이 나서 내 몸에 손을 대지 못하고 머뭇거렸다.

아파요, 아파요! 의사 불러줘요! 그녀가 벌벌 떠는 모습에 나는 조금 미안해졌지만 많이 미안하지는 않았다.

의사, 맞다. 가서 선생님 모셔올게요. 잠시만 기다려주세요, 선생님 댁이 여기서 별로 멀지 않아요.

간호사가 사라지자마자 나는 달렸다. 그녀에게 붙들릴 걱정은 하지 않았다. 그녀가 손은 잘 쓸지 몰라도 걸음이 빠르지는 않았다. 나는 웃으며 길을 따라 마을로 갔다.

집 대문을 열어보려고 하지는 않았다. 잠겨 있을 게 뻔했다. 하지만 뒤편으로 가면 파포스가 예전에 자기랑 같이 올라가달라고 애걸복걸했던 올리브나무가 있었다. 나는 샌들을 벗어던지고 따뜻한 회색 나뭇가지를 밟고 올라갔다. 아이의 방 창문 앞에 이르렀고 안으로 들어갔다.

나는 아이를 깨울지 말지 하루 종일 고민했다. 하지만 잠을 자는 아이를 보니 깨울 수가 없었다. 아직 열 살밖에 안 된 어린애라 겁에 질릴 수 있었다. 그래서 바다 냄새가 나서 좋다며 아이가 모래를 담아놓은 단지가 보이자 안에 든 모래를 바닥에 살짝 쏟았다. 그러고는 거기에 파포스라고 적었다. 더 적을 수도 있었겠지만 내가 아는 글자라고는 그게 거의 전부였다.

아이의 방에서 살그머니 빠져나와 앞문으로 가보니 빗장이 질려져 있었다. 서두를 필요는 없었다. 나를 찾겠답시고 여길 뒤질 사람은 없으니까. 나는 전에도 그에게서 도망치지 않았던가. 나는 빗장을 풀고 문을 살짝 열어놓았다.

남편의 작업실은 햇빛이 가장 잘 드는 맨 끝 건물에 있었다. 작업실 문 앞에 서자 숨차게 달려온 것도 아닌데 숨이 가빠졌다. 주변은 아주 고요했다. 하인들 걱정은 할 필요가 없었다. 남편은 그들을 집 안에서 재우지 않았다.

문을 열자 작업실 한복판에서 은은하게 빛나는 그 여자아이가 보였다. 돌이야. 나는 살짝 떨렸기 때문에 속으로 중얼거렸다. 돌이고, 깨어날 리 없어.

좀 더 가까이 다가가 아이의 얼굴을 보았다. 옅은 진주빛이었고 입술은 부드러운 곡선을 그리고 있었다. 눈은 감았고 돌로 만든 소파에 웅크리고 있었다. 너무 작아서 파포스보다 어려 보였다. 동글동글 귀여운 리본에서 금색으로 칠한 샌들에 이르기까지 모든 면에서 완벽했다. 몸에 딱지도 앉지 않았고 손톱에 모래가 끼지도 않았다. 이 아이는 염소를 따라다니지도 말을 안 듣지도 않을 것이다. 두 뺨 위로 홍조가 보일 것만 같았다.

비단을 담요처럼 두르고 있기에 벗겼다. 손목에 꽃팔찌를 끼고 있기에 떼어냈다. 아이 이마에 입을 맞추고 속삭였다.

"딸아, 미안."

남편의 방으로 가서 문 앞에 섰다. 그는 침대에 아무렇게나 널브러져 있었다.

"아, 나의 가인이 잠들었구나."

내 말에 남편이 눈을 뜨고 나를 보았다. 나는 몸을 돌려서 내달렸다. 현관 앞 복도에 미리 의자를 가져다 놓은 터라 그의 발이 걸려서 넘어지는 소리가 요란하게 들렸다. 하지만 그는 다시 일어나 이제 계단 앞에 다다랐다. 나는 앞문을 지나 길거리로 나갔다. 내 뒤를 따르는 그의 발소리가 바닥을 때렸다. 그는 숨을 아껴야 했기에 고함을 지르지 않았다. 길거리를 달리는 우리 둘 사이에는 오로지 밤의 정적이 있을 뿐이었다. 심장이 터질 것 같았지만 상관없었다. 조만간 쓸 일이 없어질 테니까.

마을을 가로질러 바다 쪽으로 내리막길이 이어졌다. 나는 1년 동안 침대에 누워 있느라 살이 찌고 느려졌지만 그도 운동을 좋아한 적은 없었기에 살이 찌고 느렸다. 흙바닥이 시원하고 두툼한 모래로 바뀌었고, 나를 한 번도 아프게 한 적이 없는 조약돌에 이어 마침내 파도가 등장했다. 나는 주저 없이 뛰어들어 부서지는 파도와 싸우며 망망대해를 향해 나아갔다. 잠시 후에 그가 풍덩 하고 따라 들어오는 소리가 들렸다.

물은 나와 잘 맞지 않았다. 물살을 헤치며 나아가는데, 자꾸 누가 내 옷을 잡아당기는 것 같았다. 조금만 더 가자, 나는 속으로 중얼거렸다. 뒤에서 그가 다가오는 소리가 들렸다. 평생 대리석을 들고 작업을 했으니 나보다 팔 힘이 셌다. 하마터면 그에게 붙들릴 뻔했을 때 발 근처에서 물의 흔들림을 느낄 수 있었다. 돌아보니 바로 뒤에 그가 있었고 육지는 한참 멀어져 있었다. 잠시 후에 그가 내 발목을 붙잡고 밧줄이라도 되는 것처럼 양손으로 번갈아 끌어당기더니 목을 잡고 일으켜 세워 자기 얼굴을 내 얼굴 앞에 바짝 갖다 댔다.

그는 내가 반항하고 할퀼 줄 알았을 것이다. 하지만 나는 반항하지 않았다. 그의 몸통을 바짝 끌어안고 빠져나가지 못하게 내 양쪽 손목을 마주잡았다. 이렇게 되자 우리 둘은 무거워져 아래로 가라앉았다. 그는 두발로 물을 차고 몸을 마구 흔들며 수면 위로 올라가려 했지만 내가 생각보다 훨씬 무거웠기에 여의치 않았고, 파도가 우리 입을 향해 출렁거렸다. 바로 지금이에요, 제 소원을 들어주세요. 나는 기도했다.

처음에는 그냥 바닷물이 차서 그런 줄 알았다. 그를 감싸고 있는 나의 뻣뻣한 손가락과 팔을 타고 냉기가 스멀스멀 올라왔다. 그는 몸부림치며 저항했지만 아무리 애를 써도 딱 붙어버린 내 손을 떼어낼 수가 없었다. 잠시 후에는 냉기가 내 다리와 배, 가슴으로 번졌고 그가 아무리 열심히 발을 놀려도 우리 둘을 수면 위로 끌어올릴 수는 없었다. 그가 나를 때렸지만 흐물흐물하니 힘이 없었고, 나는 동그랗게, 단단히 맞잡은 내 팔의 힘과 가차 없이 아래로 가라앉는 내 몸 말고는 아무것도 느낄 수가 없었다.

그는 사실상 승산이 없었다. 인간에 불과했으니까. 우리는 어둠을 가르며 맹렬히 가라앉았고 냉기가 내 목을 타고 올라와 입술과 뺨에서 핏기를 앗아갔다. 나는 파포스를 떠올렸다, 그 아이는 얼마나 영리했던가. 이어 소파에 평온하게 누워 있는 아이의 동생을 떠올렸다. 둘이서 물속으로 추락하듯 가라앉는 동안 나는 게들이 어떤 식으로 하얀 내 어깨를 넘어 그를 먹으러 올지를 상상했다. 해저는 모래가 깔려 있어서 베개처럼 푹신했다. 나는 거기에 몸을 눕히고 잠을 청했다.

한국 독자들에게

이 짧은 소설을 선택한 한국 독자에게 감사의 마음을 전한다.

『갈라테이아』는 단출하지만 나에게는 아주 소중한 작품이다. 그리스 신화에서 영감을 받았다는 점에서는 큰오빠, 큰언니 격인 『아킬레우스의 노래』나 『키르케』와 비슷하지만 접근 방식과 정서는 다르다. 『아킬레우스의 노래』와 『키르케』에서는 수많은 전통을 기반으로 철저한 고증을 거쳐 자료를 한데 아울렀다. 반면에 『갈라테이아』는 오비디우스의 『변신 이야기』에 소개된 피그말리온의 신화에 거의 전적으로 의거했다.

오비디우스의 이야기는 이런 식으로 진행된다. 옛날옛적 키프로스에 창녀들을 보고 '음란'하고 '파렴치'하다며 경악한 피그말리온이라는 조각가가 있었다. 그는 이런 세태에 환멸을 느낀 나머지 모든 여자들과 절연하고 상아로 여인을 조각하기 시작했다. 현실 속의 어떤 여자보다 완벽하게 만들어놓고 그 조각상과 사랑에 빠졌다. 오비디우스는 피그말리온이 조각상을 쓰다듬고 입을 맞추고 손끝으로 어루만지는 광경을 상세하게 묘사한다. 마침내 그의 기도를 들은 베누스 여신이 조각상에 생명을 불어넣는다. 피그말리온이 끌어안자 여자는 그의 입술을 느끼고 얼굴을 심하게 붉혔다. 얼굴을 붉힐 줄 몰랐던 도입부의 창녀들과 대조되는 모습이었다. 둘은 결혼을 하고 아이를 낳았다. 그리고 전해 내려오는 이야기에 따르면 오래도록 행복하게 살았다.

오비디우스의 피그말리온 이야기는 음악, 춤, 시, 영화 그리고 소설로 수없이 각색되었다. 시인 캐럴 앤 더피와 힐다 둘리틀은 이 작품에 화답하는 시를 썼고, 조지 버나드 쇼의 희곡 「피그말리온」은 영화 「마이 페어 레이디」의 원작이 되었다. 오비디우스가 소개한 여러 신화가 그렇듯 이 이야기도 조금은 신빙성이 떨어진다. 무엇보다도 상심한 나머지 신랄해진 오르페우스가 구술한 이야기 속의 이야기라 더 그렇다. 여러 사람들이 이 이야기를 낭만적으로 해석한다. 「귀여운 여인」을 비롯해 수많은 신데렐라 스토리 영화들이 여기에서 영감을 얻었다. 그런가 하면 예술가들이 자신의 작품과 어떤 식으로 사랑에 빠지는지를 보여주는 비유로 받아들인 사람들도 있다. (나처럼) 그 이야기에 깊숙이 뿌리박힌 여성혐오증에 심란해하는 사람들도 있다. 피그말리온의 해피엔딩은 몇 가지 혐오스러운 사실을 받아들인 다음에라야 해피엔딩이라는 평가를 내릴 수 있다. 착한 여자는 남자를 만족시키는 것 말고는 존재 이유가 전혀 없다는 발상, 여성의 성적 순결에 대한 집착, '새하얀' 상앗빛 피부가 완벽하다는 통념, 여성의 현실보다 우선시되는 남성의 환상. 오비디우스의 『변신 이야기』에서 갈라테이아에게 할애된 대사는 없다. 심지어 이름도 부여되지 않고 그냥 '여자'라고 불린다. 그저 순종적인 욕구 해소의 대상으로만 존재한다. 내가 그녀의 이름을 알게 된 것은 다른 자료를 통해서였다.

갈라테이아가 수면 위로 부상한 것은 『키르케』를 쓰던 도중이었다. 두 여인은 여러 모로 다르지만, 변신을 중심으로 이야기가 전개되며 자신을 부인하는 세상에서 자유를 찾아 나선다는 점에서는 동일하다. 갈라테이아의 음성이 어느 늦은 밤, 번개처럼 나를 찾아왔다. 누워서 이리저리 뒤척이고 있었을 때 갈라테이아라는 캐릭터와 작품의 도입부가 온전한 형태로 머릿속에 번쩍 떠올랐다. 나는 벌떡 일어나 자판을 두드리기 시작했다.

나는 처음부터 『갈라테이아』의 세계는 『키르케』나 『아킬레우스의 노래』처럼 철저히 신화에 입각한 세계가 아니라는 사실을 알고 있었다. 그녀는 자신만의 세계를 요구했고, 나는 그런 세계를 창조하는 과정에서 경계 넘나들기와 장르 파괴를 사랑하는 오비디우스의 작품뿐 아니라 수많은 페미니즘 문학에서 영감을 얻었다. 바로 그 지점에서 캐릭터가 점점 성장해나가기 시작했다. 나는 그녀의 놀랍도록 현실적이고 기발하며 용감한 성격, 이성을 잃지 않고 꾸준히 사랑으로 딸을 대하는 능력을 사랑하게 되었다.

피그말리온에 대해 말하자면 나는 그를 오비디우

스가 창조한 그대로 받아들였다. 내가 이 작품을 집필할 당시만 해도 비자발적인 순결주의자를 뜻하는 '인셀'이라는 용어가 널리 쓰이지 않았지만 피그말리온이야말로 그 전형이라 할 수 있겠다. 여성의 자립심을 질색하고 혐오한 남성, 여성을 원하는 동시에 증오한 남성, 순결과 통제에 대한 환상을 피난처 삼은 남성들은 수천 년 전부터 존재했다. 그런 남자의 아내들은 어떤 삶을 살았을까? 이 질문에 대한 답이 될 만한 사례가 오늘날에도 너무나 많다. 하지만 수세기에 걸친 다양한 삶을 망라할 정도로 넓은 바다가 되어준다는 것이 훌륭한 신화의 미덕이다.

그 안에서 유영하며 여러분도 즐거운 시간을 보냈길 바란다.

매들린 밀러는 침묵하고 있던 신화 속 인물들에게 그들만의 목소리를 부여하고, 누구나 알고 있다고 생각하는 신화를 독창적으로 변주하는 데 일가견이 있는 작가다. 『아킬레우스의 노래』에서는 파트로클로스가, 『키르케』에서는 키르케가 그 혜택을 누렸고, 짧지만 울림의 크기 면에서 전작들 못지않은 이 책에서는 갈라테이아가 수혜자가 되었다.

피그말리온의 이야기가 맨 처음 소개된 오비디우스의 『변신 이야기』에서 갈라테이아는 이름조차 부여받지 못하고 그저 '상아로 만든 여인'으로 지칭되었다는 사실은 시사하는 바가 크다. 아주 오랜 기간 동안 우리 여성은 주체가 아니라 객체이자 통제와 억압과 비현실적인 기대의 대상이었고, 그런 현실은 오늘날에도 여전하다. 이 작품에서도 피그말리온은 갈라테이아가 말을 할 수 있을 거라고 기대하지 않았고, 그녀가 살아 숨쉬기를 바랐을 때 따먹을 수 있을 만큼만 따뜻해지길 바랐으며, 임신이 그녀의 배에 남긴 튼 살 자국을 보고 투덜거렸다. 그의 관점에서 보았을 때 갈라테이아는 이름이 필요치 않은 존재, 그가 마음대로 해도 되는 소유물이나 다름없는 존재, 그의 욕망을 해소하는 것이 삶의 유일한 목적인 존재였다. 그렇기에 『키르케』와 마찬가지로, 어떤 수식어도 없이 (여)주인공의 이름 하나만으로 이루어진 이 작품의 제목에 상당한 의미가 부여된다. 남편이 장악하고 있는 기존의 신화와 다르게 이 작품만큼은 오롯이 그녀의 것이길 바라는 저자의 의도가 담겨 있는 설정이니 말이다.

마침 봄날의책에서 출간한 『세상의 아내』라는 세계시인선에 저자가 작가 후기에서 언급한 캐럴 앤 더피의 시가 있었다. 현실의 여성들을 지독하게 혐오해 자신이 만든 조각상을 사랑하게 된 남편 피그말리온에게 "아이를 낳고 싶다 구걸"하고 "절정에 이르러/목이 터져라 비명을 질러"대 그를 쫓아내는 데 성공한 아내의 이야기였다.

그래서 나는 방침을 바꿔,
양초처럼, 따뜻해졌고,
되받아 입을 맞췄고,
부드럽고, 나긋나긋해졌고,
신음하기 시작했고,
달아오르고, 거칠어졌고,
온몸을 아치 모양으로 휘고, 휘감고, 비틀었고,
그의 아이를 낳고 싶다 구걸했고,
절정에 이르러
목이 터져라 비명을 질러댔어 —
이 모든 건 연기였지.

그 이후로 그를 보지 못했어.
그렇게나 간단한 건데 말이야.

—「피그말리온의 신부」
『세상의 아내』, 캐롤 앤 더피, 김준환 역, 봄날의책, 2019

사실 이것이 '그렇게나 간단한' 일은 아니라는 것을 우리 여성들은 안다. 천재 시인 에밀리 디킨슨이 그 많은 시를 출간하지 않고 책상 서랍 속에 고이 넣어둔 채 수시로 빵과 케이크를 만들어 주변에 나누어주는 데 몰두했던 것도 그 당시 여성에게 새로운 언어는 위험하지만 새로운 조리법은 상대적으로 안전하기 때문이었다고 하지 않던가.

하지만 내가 얼마 전에 펼쳐든 어느 책에 눈을 번쩍 뜨이게 하는 헌사가 적혀 있었다. "분노하는 여성들에게, 부끄러움 모르는 여자아이들에게." 그렇다. 우리의 분노는, 우리의 도발은 길을 만든다. 2023년 골든글로브 시상식에서 여우주연상 수상소감 도중에 퇴장곡이 흘러나오기 시작하자 웃으며 "Shut up, please."라고 외친 양자경처럼. 주어진 운명에 순응하지 않은 이 작품 속의 갈라테이아처럼. 나도 침묵하지 않는 여성들에게, 고분고분하지 않은 여자아이들에게 이 역자 후기를 바친다.

— 이은선, 2023년 6월

매들린 밀러 (Madeline Miller)

1978년 미국 보스턴에서 태어났다. 브라운 대학교에서 고전 연구로 석사학위를 받았고 10여 년 동안 고등학교에서 라틴어와 고대 그리스어, 그리고 셰익스피어 작품을 가르쳤다. 첫 작품이자 밀리언셀러인 『아킬레우스의 노래』로 2012년 여성 문학상(Women's Prize for Fiction)을 수상했고, 2013년 스톤월 북 어워즈(Stonewall Book Awards) 문학 부문 최종 후보로 선정되었다. 두 번째 작품 『키르케』는 2019년 여성 문학상 최종 후보로 선정된 바 있다.

옮긴이 이은선

연세대학교에서 중어중문학을, 같은 학교 국제대학원에서 동아시아학을 전공했다. 출판사 편집자, 저작권 담당자를 거쳐 전문 번역가로 활동 중이다. 옮긴 책으로 매들린 밀러의 『키르케』, 『아킬레우스의 노래』, 스티븐 킹의 『빌리 서머스』, 『악몽과 몽상』, 마거릿 애트우드의 『그레이스』, 프레드릭 배크만의 『할머니가 미안하다고 전해달랬어요』, 『베어타운』 등이 있다.

갈라테이아 / 2023년 7월 1일 1판 1쇄 펴냄

지은이: 매들린 밀러
옮긴이: 이은선
펴낸이: 고미영

기획 편집: 고미영
교정 교열: 박기효
사진: 표기식 / Han river, 2019
디자인: Praktik

ISBN 979-11-982894-0-7 02840
값은 뒤표지에 있습니다. 잘못 만든 책은 서점에서 바꾸어드립니다.

(주)새의노래 (출판등록: 제2023-000009호)
10908 경기도 파주시 경의로 1114, 405호
www.birdsongbook.com
+82 (0)2 393 2111 info@birdsongbook.com
Instagram: birdsongbook